LES

S^t.SIMONIENS,

COMÉDIE BURLESQUE,

EN TROIS ACTES ET EN PROSE,

REPRÉSENTÉE DANS UNE RÉUNION PARTICULIÈRE

LE 2 JANVIER 1835.

PAR M. C. C. LICENCIÉ EN DROIT,

CAHORS.

IMPRIMERIE DE M. C. CORNÈDE.

1835.

PRÉFACE DE L'AUTEUR.

J'ai long-temps délibéré avant de publier cette pièce qui était destinée à être jouée dans une réunion particulière. Plusieurs de mes amis m'engageaient à la faire imprimer; d'autres pensaient que dans mon intérêt, il valait mieux pour moi de ne pas m'exposer aux haines des hommes mal intentionnés, qui depuis 1830 ont donné au gouvernement et à tous les citoyens paisibles tant de sujets de crainte.

J'aurais dû peut-être suivre ce dernier conseil. Dans ce siècle d'égoïsme et de cupidité, il vaut mieux vivre ignoré que de s'exposer en faisant même une chose utile.

On n'est pas toujours récompensé des sacrifices et des efforts que l'on fait pour maintenir l'ordre et la tranquillité dans son pays.

Les lois ne manquent pas, disait dans une circonstance M. Persil, alors procureur général de la cour royale de Paris: ce sont les hommes de cœur. Jamais on n'a autant parlé de patriotisme que dans ce siècle, et jamais il n'y en a moins eu. Chacun se replie sur lui-même par égoïsme ou par peur. Il s'isole, il cherche comme on dit, à ne pas se compromettre. (*Journal des débats du* 30 *Août* 1832.)

Voilà, il faut en convenir, l'état de notre société. Mais il faut avouer aussi que très souvent les hommes justes, droits et fermes n'ont pas eu à se féliciter de leur energie. Ils ont été souvent calomniés par les intrigans et les peureux, qui, par une basse envie, ont travaillé en habiles courtisans à abaisser ceux qui pourraient s'élever au dessus d'eux.

Tout ce qu'il y a de certain, c'est que cette pièce était composée avant les troubles de Lyon et les événemens qui se sont passés à Paris. Je voulais la faire paraître: mais quelques amis me disaient « Pourquoi vous exposez-vous? Laissez faire, laissez agir ceux qui ont leurs places et leur position à conserver. S'ils les perdent, ils ne pourront accuser que leur avarice, leur indifférence ou leur lâcheté. »

Il est en effet bien pénible de s'exposer au poignard de quelque fanatique, et il y en a dans toutes les religions, comme dans toutes les opinions. Il est imprudent de se compromettre, tandis que d'autres profitent ou abusent de leur position pour faire une fortune souvent illicite, et pour s'enrichir aux dépens des autres.

Depuis *quatre* ans, nous avons vu paraître les doctrines des St. Simoniens, celles des droits de l'homme et, plus tard, celles du vrai croyant publiées par M. de Lamennais.

Les principes développés dans leurs écrits ont été proposés par d'au tres que par eux. Dans tous les temps, dans tous les siècles, chez tous les peuples, et après les révolutions même les plus démocratiques, on a repoussé les doctrines de ceux qui voulaient une espèce de communauté de biens.

Sans remonter à des temps plus reculés, nous dirons que dans le seizième siècle, et en Allemagne, une secte, celle des Anabaptistes, voulait que tous les biens fussent communs, hormis les femmes et les vêtemens.

Voici ce que dit des Anabaptistes, Félix Bodin, dans son ouvrage intitulé les *six* républiques.

« Ils pensaient mieux entretenir l'amitié et la concorde mutuelle
« entr'eux; mais ils se trouvèrent bien loin de leur compte: car tant
« s'en faut que ceux-là qui veulent que tout soit commun, ayent ôté
« les querelles et inimitiés; que même ils chassent l'amour d'entre le
« mari et la femme, l'affection des pères envers les enfans, la révé-
« rence des enfans envers les pères, et la bienveillance des parens
« entr'eux; ôtant la proximité de sang qui les unit du plus étroit lien
« qui puisse être; car on sait assez qu'il n'y a point d'affection amia-
« ble, en ce qui est commun à tous, et que la communauté tire après
« soi toujours des haines et querelles, comme dit la loi: encore plus
« s'abusent ceux-là, qui pensent que par le moyen de la communau-
« té, les personnes et les biens communs seraient plus soigneusement
« traités; car on voit ordinairement les choses communes et publiques
« méprisées d'un chacun, si ce n'est pour en tirer quelque profit en
« particulier; d'autant que la nature d'amour est telle, que plus elle
« est commune et moins elle a de vigueur; et tout ainsi que les gros fleu-
« ves qui portent les grands fardeaux, étant divisés, ne portent rien du
« tout: ainsi l'amour épars à toutes personnes et à toutes choses perd
« sa force et sa vertu.

« La conservation du bien d'un chacun en particulier est la con-
« servation du bien public. »

Le dictionnaire de l'encyclopédie parle ainsi des Anabaptistes: « Ils
« enseignaient que c'était un crime que de prêter serment et de porter
« les armes; qu'un véritable chrétien ne saurait être magistrat; ils vou-
« laient que tous les biens fussent communs, et que tous les hommes
« fussent libres et indépendants.

« Après avoir commis d'horribles excès, ils s'emparèrent de Munster
« en 1534, et y soutinrent un siège, sous la conduite de Jean de
« Leyde, tailleur d'habits. La ville fut reprise sur eux un an après. Le
« prétendu roi et son confident Knisperdollin, y perdirent la vie par
« les supplices. Depuis cet échec, la secte des Anabaptistes n'a plus osé
« se montrer ouvertement en Allemagne. »

On sait que lors de la tourmente révolutionnaire de 1793 quelques esprits inquiets ou bizarres, mais en petit nombre, parlèrent de communauté de biens, de loi agraire. Quoique à cette époque la France renfermât un bien plus petit nombre de propriétaires intéressés à l'ordre, le bon sens public fit justice de pareilles utopies, et la Convention elle-même rendit à l'unanimité un décret, sous la date du 18 mars 1793, portant peine de mort eontre quiconque parlerait de la loi agraire

On peut lire les discours prononcés dans cette circonstance par le conventionnel Barrère de Fieuzac et par Robespierre lui-même.

En réfutant ces étranges doctrines qui furent hasardées à la fin du dix-septième siècle par quelques esprits inquiets ou méchants, le judicieux Laharpe disait avec raison.

« S'il était possible que la communauté de biens et de travail, existât « même dans les premiers temps du monde, elle n'eût abouti qu'à « resserrer l'espèce humaine dans les bornes les plus voisines de l'animali-« té. C'est au contraire ce droit de propriété fondé sur la nature et « correspondant à toutes ses affections et à tous ses besoins; c'est lui « seul qui est le principe de tous les avantages de la sociabilité, des « progrès simultanés, de toutes les connaissances et de toutes les jouis-« sances de l'homme civilisé, principe aussi lumineux que fécond, qui re-« monte à la sagesse infinie de l'auteur des choses. » *Cours de lit-térature, tome* 16.

Sous les règnes de Napoléon, de Louis XVIII et même de Charles X, nul écrivain n'osa parler de communauté de biens.

Ce ne fut qu'après la révolution de 1830 qu'on parla de la secte des St. Simoniens, à laquelle le chef, M. de St. Simon, voulut donner son nom.

On se demandera sans doute quel était ce M. St. Simon. Ce n'était ni un saint, ni un personnage illustre. C'était un homme qui se ruina après avoir fait de fausses spéculations sur la vente des biens des émi-grés, et qui mourut après avoir laissé à quelques jeunes gens le soin de répandre ses étranges doctrines.

En 1832, les St. Simoniens firent paraître un journal, le Globe, en tête duquel on lisait en gros caractères : *Tous les privileges de la nais-sance, sans exception aucune, seront abolis.*

Le Globe devenu St. Simonien perdit ses abonnés. On le distribua gratuitement, et les disciples de St. Simon allèrent parcourir la France.

Ils parurent dans plusieurs villes; mais le peuple, après avoir entendu leurs doctrines, fut si exaspéré contre eux, qu'ils furent obligés de fuir précipitamment. Ils risquèrent de perdre la vie à Angers, à Nantes, à Mende, à Montpellier, à Nimes, à Aix, à Avignon, à Marseille, et dans plusieurs autres villes.

A Cahors, l'irritation du peuple commençait à devenir menaçante pour eux, et nous nous félicitons d'avoir contribué à les protéger.

Les St. Simoniens n'ont pas dit des choses nouvelles quand ils ont demandé qu'on s'occupât du sort des classes pauvres. Ils n'ont fait que répéter ce que disent journellement les ministres de toutes les religions. S'ils s'étaient bornés à exprimer de tels vœux, nous nous serions bien gardés de les combattre et nous nous serions associés à leurs gé-néreux efforts. Si, loin d'employer un langage mystérieux relativement à la théorie de leur femme libre, ils avaient demandé à tous les gouvernements de solliciter l'affranchissement des femmes, qui dans l'orient sont condamnées à une prostitution honteuse et prématurée, tous les amis de l'humanité les auraient secondés dans cette noble entreprise.

On a accusé les St. Simoniens d'avoir nui à la cause de la liberté, et c'est parceque nous avons cette intime conviction, que nous avons cru combatre leurs principes par le raisonnement en signalant ce qu'ils avaient d'absurde.

Les gouvernemens absolus pressés de donner une constitution libre à leurs peuples, n'ont pas manqué de motiver leur refus sur les abus que certains hommes faisaient de la liberté en France, pour attaquer tous les principes du droit naturel.

Il est un fait que l'histoire de tous les temps nous atteste: c'est que la liberté s'est perdue chez plusieurs peuples par les excès de quelques fougueux démocrates. Alors les peuples fatigués de vivre dans l'anarchie ont préféré être soumis au pouvoir despotique d'un seul, qu'à la tyrannie de plusieurs individus souvent en guerre les uns avec les autres.

Les St.-Simoniens ont eu raison de dire que les honneurs et les faveurs du gouvernement devraient être accordés au mérite. Il est en effet déplorable de voir des hommes hypocrites, bas et rampans, récompensés au préjudice des citoyens justes, fermes et courageux.

Cette pièce sera peut-être jugée inutile par des gens qui affecteront une sécurite qu'ils n'ont pas toujours eue. Nous leurs demanderons si, depuis la révolution de 1830, le gouvernement n'a pas été obligé de faire des concessions au parti démocratique, d'abolir l'hérédité de la pairie, les majorats et les institutions monarchiques; nous leur demanderons encore si les événemens de Paris et de Lyon ne leur ont fait éprouver aucune crainte pour leur personne et leurs propriétés.

Quant à nous, nous avons cru devoir combattre les doctrines anti-sociales qui ont été professées de nos jours. Nous savons que parmi les principaux chefs St.-Simoniens, il y avait des hommes de bonne foi, dignes d'estime, par exemple ceux qui ont fait un généreux abandon de leur fortune, et qui ont tonné fortement contre les vices de ces jeunes et riches voluptueux, insensibles aux misères du peuple. Mais nous croyons aussi que parmi d'autres St.-Simoniens, il y en avait qui n'avaient pas des intentions aussi pures. Ce sont ceux là que nous avons cru devoir blâmer dans cette pièce, à la représentation de laquelle nous nous opposerions si elle devait occasionner quelques nouveaux troubles, qui ne servent qu'à retarder le triomphe de la liberté et de la civilisation.

Tout exemplaire non revêtu de la signature ci-dessous sera réputé contrefait.

Cornède

PERSONNAGES.

BOUFFANTIN ou ROZENTIN, Chef de la religion S^t. Simonienne.

CAVALIER.

LODRIGUES.

POUFFARD.

PARRAULT.

DUPEYRIER.

UN AVOCAT.

UN COMMISSAIRE.

UN DOMESTIQUE.

BENOIT, maître bottier.

TROUPE D'OUVRIERS.

UN POSTILLON.

JAVOTTE, sa femme.

AUTRES SPECTATEURS.

CAPORAL, avec la garde.

La scène se passe à Paris, rue Monsigny, n° 6.

LES St.-SIMONIENS.

ACTE PREMIER.

SCENE I.

Le théâtre représente une salle de réception ordinaire.

BOUFFANTIN seul.

Me voilà seul enfin, et je puis récapituler les opérations de la journée. Ça ne va pas mal ; et , pour peu que cela continue, ma fortune est faite. Mais il faut que je trouve encore quelques imbécilles, surtout de vieilles femmes, riches et coquettes que je puisse séduire et déterminer à me donner leurs biens. Alors je parviendrai aisément à cette fortune après la quelle je soupire depuis long-tems, et que je ne puis attraper. Plusieurs écrivains font de la politique; moi je vais faire de la religion : voilà de la nouveauté. Oui, c'en est fait, je reprends les doctrines de St.-Simon ; allons, le sort en est jeté, me voilà chef de la religion St.-Simonienne. Je ferai quelques prosélytes; mais il faut que je m'adresse principalement aux femmes; on les fanatise facilement. Je m'adresserai ensuite à quelques jeunes gens , à quelques cerveaux faibles et dérangés; je les endoctrinerai, je leur donnerai des emplois; l'amour de la célébrité exaltera quelques jeunes têtes : il y a tant de gens qui veulent être quelque chose dans ce monde : enfin je me poserai chef, je m'appellerai père suprême, pape, comme on voudra; peu m'importe, pourvu qu'on m'apporte de l'argent.

Mais ce n'est pas tout : le principal est d'avoir un journal. Je vais continuer la publication du globe; je déclamerai contre tous les gens en place ; je tonnerai contre tout le genre humain; enfin je ferai du scandale; c'est ce qu'on aime aujourd'hui; et cela fera plaisir à ceux qui ont perdu leurs places , et à ceux qui n'ont pu en avoir.

SCENE II.

BOUFFANTIN, un de ses domestiques.

LE DOMESTIQUE.

Monsieur ?

BOUFFANTIN irrité.

Eh bien ?

LE DOMESTIQUE, très humblement.

Monsieur ?

BOUFFANTIN.

Grand faquin! Vous oubliez donc ce que je vous ai ordonné ; je vous ai dit de m'appeller désormais père suprême.

LE DOMESTIQUE.

Je l'avais oublié, père suprême.

BOUFFANTIN.

C'est bon.

LE DOMESTIQUE.

Je vous appelerai Pape, si vous voulez.

BOUFFANTIN.

Allons , finissons. (*à part*) je crois qu'il se moque de moi (*haut*). eh bien , que voulez-vous ?

Le DOMESTIQUE.

Père suprême, on m'a chargé de vous remettre cette lettre.

BOUFFANTIN·

C'est bon; je reconnais l'écriture; c'est celle de la Marquise de Broche-plate; je sais le contenu; vous pouvez me laisser. (le domestique sort en fesant par dérrière des signes qui indiquent qu'il croit que son maître est devenu fou).

SCÈNE III.

BOUFFANTIN lisant la lettre.

» *Mon cher ami, je vous attends ce soir. Ne manquez* » *pas de venir me voir. Je rentrerai à mon hôtel après* » *la sortie du spectacle.*

Ah ! l'excellente femme ! elle m'a conduit ce matin chez son notaire , et m'a fait donation de la moitié de ses biens; elle veut se faire St.-Simonienne. La vieille folle elle a deshérité tous ses parens qui sont pauvres. En vérité je n'ai pas de conscience; mais avec cela on ne fait pas son chemin. Il paraît que j'avais su lui plaire. Malgré ses cinquante ans elle est amoureuse comme une chatte. Elle voulait toujours que je lui donnasse, disait-elle , des preuves de mon amour. Mais ma foi, il est des choses impossibles à l'homme de meilleure volonté , et j'ai été obligé de la renvoyer à une autre fois. Ce qui'l y a de plus important dans cette affaire, c'est qu'elle m'a donné dix mille francs de billets de banque que je garde par devers moi, parceque, dit le proverbe, charité bien ordonnée commence par soi-même ; *prima sibi caritas*. Mais je voudrais bien savoir si Cavalier et Poullart que j'avais envoyés aux trousses de ce gentilhomme Périgourdin, assez riche, dit-on, auront pu le déterminer à nous donner ses biens ; mais il me semble les entendre; et oui, ce sont eux.

SCENE IV.

BOUFFANTIN, CAVALIER, POUFFART.

CAVALIER.

Bonne nouvelle ! bonne nouvelle ! nous en avons un autre. Tiens, voici un testament.

BOUFFANTIN.

Ah ! mes amis, que je vous embrasse. Un testament, dites vous ; mais il fallait une donation.

POUFFARD.

Rassure-toi ; le testament renferme aussi une obligation et de plus plusieurs lettres de change en blanc faciles à négocier. Il a fallu beaucoup de peine pour déterminer ce vieux imbécille de Roussignac à....

BOUFFANTIN.

Roussignac, dis-tu, ce nom seul, sent un peu la Gascogne. Est-il de ce pays ?

CAVALIER.

Non : il est de Limoges ; je le connais ; il m'avait vu tout petit ; mais ma foi, nous n'aurions pu réussir, si nous n'avions pas eu l'assistance de la femme de Bazard.

BOUFFANTIN

Et comment avez-vous fait ?

CAVALIER.

Le seigneur Roussignac est un imbécille ; mais je savais qu'il était avare et de plus très peureux, Nous avons conduit le dit sieur de Rouffignac chez le marchand de vin qui est au coin de la rue St.-Honoré. Nous l'avons fait boire. La femme de Bazard est venue ensuite. Nous les avons laissés ensemble dans un de ces salons qu'on appelle cabinets de société, et quand le bon homme était déja en train, voilà que Bazard est venu le pistolet à la main, la menace à la bouche, forcer le seigneur Rouffignac à payer cher sa tentative d'adultère.

BOUFFANTIN, *en riant.*

Ah vraiment, si le tour n'est pas nouveau, il est impayable.

CAVALIER.

Et surtout profitable, voilà le point important.

POUFFARD.

Oui, mais si cet homme va se plaindre à la justice.

CAVALIER.

N'ayez pas peur; notre confrère le médecin Biffard est avec lui. Le pauvre homme déjà pris de vin aura une indigestion: on lui donnera du thé, et dans une heure il ira voir le royaume de Pluton.

BOUFFANTIN.

Bien, très bien ! c'est parfaitement manœuvré.

CAVALIER à BOUFFANTIN.

Mais toi, qu'as-tu fait de cette folle, de cette Marquise de Broche-plate ? la donation est-elle signée ?

BOUFFANTIN.

Oui; elle me donne la moitié de ses biens qui sont situés en Normandie.

CAVALIER.

Bravo ! bravissimo! et de plus m'a-t-on dit, pour dix mill: francs de billets de banque.

BOUFFANTIN, faisant l'homme étonné.

Dix mille francs de billets de banque ! je crois que tu plaisantes. Je ne croyais pas qu'elle en eut un seul ; elle ne m'a donné que des immeubles.

CAVALIER.

Ah ça, Père suprême, point de mauvaises farces ! je n'aime pas les escamoteurs, et je crois bien que tu voudrais employer pour toi seul les valeurs mobilières.

BOUFFANTIN.

Je te jure par saint-Simon que je ne veux rien détourner.

CAVALIER.

Par St.-Simon, le beau serment ma foi! c'est bon pour d'autres ; mais pour nous c'est un imbécille. Mais songes bien à ne pas faire l'Escobar ; car autrement tu m'entends; si nous n'avons pas de la probité envers les autres, il faut en avoir entre nous. Les voleurs qui travaillent en commun , ne se font pas tort entr'eux. Il faut au moins les imiter ; mais voici Lodrigues.

POUFFART.

Il a l'air triste.

SCENE V.

Les précédens, LODRIGUES.

BOUFFANTIN.

Eh bien ? Lodrigues, qu'as-tu donc ? tu me parais consterné.

LODRIGUES.

J'ai vraiment raison de l'être. J'ai de très mauvaises nouvelles à vous annoncer.

CAVALIER.

Qu'est-il donc arivé ?

LODRIGUES.

Ce jeune homme que nous avions associé, qui avait la sotte vanité de vouloir être apôtre, et qui devait nous donner 60,000 fr.

BOUFFANTIN.

Eh bien ?

LODRIGUES.

Eh bien ! il ne veut plus les donner. Voilà la lettre qu'il t'écrit.

BOUFFANTIN.

C'est malheureux ! les imbécilles ont quelquefois des momens lucides (parlant à Cavalier), lis cette lettre.

CAVALIER lisant.

Jules Tocné au Père suprême :

Paris , le 30 mars 1832.

PÈRE ,

« Je me suis donné tout entier à vous. J'ai voué ma
» vie et ma fortune à l'œuvre divine que nous ac-
» complissons sous votre inspiration : je me suis senti la
» force de participer à l'apostolat. J'en remplirai tous
» les devoirs, quelque pénibles qu'ils puissent être. Vous
» le savez, pour diminuer les embarras financiers qui
» continuent de nous entraver, et pour satisfaire en même
» temps à toutes les exigences de conciliation que ma
» famille avait droit d'attendre de moi, j'ai fait à un
» de mes frères sacrifice de tout ce que je possédais
» (ce qui devra constituer une valeur d'au moins 60,000 f.).

BOUFFANTIN.

C'était bien beau ! (parlant à *Cavalier*) : continue.

CAVALIER.

» Le billet est entre les mains de mon père Bouffart :
» mon frère connaissait toute notre position. Il savait
» tous nos besoins : hier 3,000 francs nous ont été payés
» pour son compte. Eh bien aujourd'hui il ne peut pas,
» dit-il ; et moi je suis persuadé qu'il ne veut pas ; et
» il nous renvoie aux tribunaux pour réclamer l'accom-
» plissement de sa parole.

LODRIGUES.

Où certainement nous perdrons notre procès.

CAVALIER continuant.

» Est-ce haine contre nous? est-ce impuissance à remplir
» ses engagemens? je le reconnais hautement : c'est princi-
» palement en vue de ce qu'il appelle mes intérêts, qu'il
» a agi dans la convention qui a eu lieu entre nous. Il
» voulait, disait-il, qu'il me restât quelque chose, après la
» ruine de notre apostolat, qu'il suppose imminente.

LODRIGUES.

« Et peut-être il ne se trompe pas.

CAVALIER continuant la lecture.

» PERE,

» Je sens toutes les difficultés de notre position actuelle;
» et cependant ma foi est plus vive que jamais. Car j'ai cons-
» cience que, fort de l'amour de tous vos fils, vous sortirez
» plus grand et plus glorieux de tous les obstacles qui vous
» entourent. » (*)

Signé, JULES TOCHÉ.

BOUFFANTIN,

(sortant de sa rêverie et reprenant la dernière phrase qui
vient d'être lue.)

« Vous sortirez plus grand et plus glorieux de tous les obstacles qui vous entourent. » Quel diable t'emporte ! sans argent, est-ce qu'on peut être grand et glorieux dans ce monde?

(*) Extrait d'une lettre écrite dans le *Globe* du 31 mars 1832 ; voyez
aussi la *Constitution de 1830* du 3 avril 1832.

LODRIGUES.

Ce n'est pas tout : voici une autre mésaventure. Tous les avocats que j'ai consultés ont décidé à l'unanimité que le testament Robinet serait cassé par les tribunaux. On dit même que les juges se sont assez expliqués à cet égard.

CAVALIER.

Juste ciel ! tiens, père suprême, nous sommes enfoncés.

LODRIGUES.

Ce n'est pas tout encore.

CAVALIER.

Quel oiseau de mauvais augure! eh bien! parle , et dis tout à-la-fois.

RODRIGUES.

Le marchand de papier m'a fait signifier un commandement pour payer le prix de ses fournitures qui se portent à 20,000 fr.; tu sais qu'un jugement prononce contre moi la contrainte par corps.

BOUFFANTIN.

C'est bien ta faute; aussi, pourquoi n'as-tu pas suivi le conseil que je t'avais donné; il fallait le convertir à la religion St.-Simonienne; c'était un imbécille, ce marchand de papier ; et je l'avais choisi exprès.

LODRIGUES.

Oui, tu crois que c'est bien facile; ces Parisiens ont en général tant de bon sens et de sagacité, qu'il est bien difficile de les duper.

CAVALIER.

Vous êtes bien embarrassés, vous autres; soyez tranquilles; j'ai trouvé un moyen plus simple ; (*parlant à Lodrigues*), tu as la contrainte par corps; en vertu de la loi tu peux être arrêté; je vais dire demain dans le journal, que la loi n'est qu'un chiffon de papier. (*)

BOUFFANTIN.

Tu nous perdras avec tes folies; attends encore; nous avons besoin de dissimuler.

CAVALIER.

Dissimuler! il y a trop long-temps que nous jouons ce triste rôle; quant à moi je suis fatigué de toujours dissimuler. Il me faut de l'argent ; et comme il faut prendre ses précautions en cas de banqueroute, je veux que, ce soir, Lodrigues me donne cent louis que je demande depuis long-temps.

POUFFARD.

Et moi, j'en demande trois cents; je serai obligé peut-être

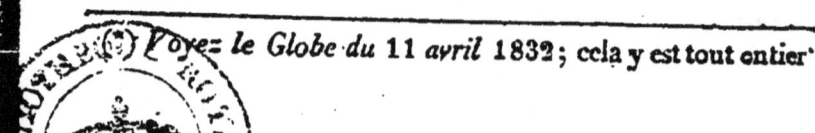

(*) *Voyez le Globe du 11 avril 1832; cela y est tout entier*

de prendre la fuite, à raison de l'aventure de Rouffignac. Il est juste que j'aie de l'argent; et, si on ne m'en donne pas, je vous assure que je vais faire du tapage.

BOUFFANTIN.

Ah ça! plaisantez-vous par hasard? vous voulez donc nous perdre et vous perdre avec nous; au moment où la société va faire quelques profits, vous voulez la faire tomber en dissolution et mettre la désunion entre nous; songez que notre union fera notre force.

LODRIGUES.

Oui, mais comme ça va mal, il faut que je songe à moi. Vous savez que non seulement l'administration du timbre, mais encore le procureur général nous poursuivent pour payer 130,000 fr., pour droit de timbre et frais d'amende (*).

BOUFFANTIN.

Eh bien?

LODRIGUES.

Eh bien! j'ai pris mes précautions. J'ai caché tout l'argent de la caisse.

CAVALIER.

Et où l'as tu mis?

(*) Voyez le *Globe* du 31 mars 1832.

LODRIGUES.

Dulciter ! tu n'en sauras rien.

CAVALIER.

Ah , grand coquin !

POUFFARD.

Ah , le grand scélérat !

LODRIGUES.

Ne vous fâchez pas; je vais m'expliquer : comme je suis celui qui ai porté le plus de fonds dans la caisse, il est juste 1.° que je sois remboursé le premier ; 2.° comme j'ai payé les dettes les plus criardes de St.-Simon, il faut aussi que je sois indemnisé; 3.° comme j'ai plus de capacité que vous tous, il est juste que je sois le mieux rétribué : *A chacun suivant sa capacité , à chacun suivant ses œuvres*; 4.° Il n'y a rien pour le quarto.

POUFFARD furieux.

Ah! c'est comme ça; et tu te crois une capacité supérieure à la mienne? Eh bien, sois tranquille; je vais te le faire voir. Je me pose dès ce moment Pape , chef de l'église St.-Simonienne.

BOUZFANTIN.

Qu'entends-je, juste ciel? tu veux donc me supplanter.

POUFFARD.

Oui, je me fais Pape.

LODRIGUES.

Et moi aussi, je me fais Pape; *ego sum Papa*.

BOUFFANTIN.

Tu quoque ? toi aussi Lodrigues ?

LODRIGUES.

Oui.

BOUFFARD a LODRIGUES.

Attends un peu, nous verrons qui gagnera la bataille; nous y ferons à coups de poings, à coups de chaises.

RODRIGUES.

A coups de plume, à coups de langue; va: je ne te crains pas; nous verrons.

BOUFFARD.

Oui, sois tranquille : nous verrons.

(Pouffard et Lodrigues sortent furieux l'un contre l'autre, en se menaçant, par les deux portes opposées du théâtre.)

SCENE VI.

BOUFFANTIN, CAVALIER.

BOUFFANTIN.

O mon Dieu! quels extravagans! quels fous! quel désordre! comment pouvoir vivre avec des hommes qui ont la tête si exaltée. Allons les joindre; tâchons de les réunir, car autrement le but de notre association sera manqué, et nous deviendrons un sujet de ridicule; toi, Cavalier, sois moi fidèle je reviens à l'instant.

SCENE VII.

CAVALIER seul.

Il faut avouer que ce Lodrigues est un fameux gueux; il veut prendre à lui seul tout l'argent de la caisse. Mais je suis là, et je saurai bien l'en empêcher. Il faut aussi que j'aie ma part dans la distribution des fonds de la société; car je suis exposé comme les autres aux griffes de la police, encore plus peut-être que les autres, parceque je suis le premier ferrailleur; d'autres disent le Don-Quichotte de la compagnie.

SCENE VIII.

CAVALIER un, DOMESTIQUE.

LE DOMESTIQUE à CAVALIER.

Monsieur, un avocat de province demande à vous parler.

CAVALIER.

(*A part.*) Un avocat de province! que nous veut-il ? je ne. crois pas qu'il veuille se faire St.-Simonien. Les avocats et les médecins sont des gens que nous ne pourrons jamais tordre facilement; voyons quel est cet homme? (*haut*) Il peut entrer.

SCENE IX.

CAVALIER, un AVOCAT.

L'AVOCAT.

Monsieur, j'ai l'honneur de vous saluer; je désirerais parler à un des rédacteurs du Globe, ou plutôt si vous voulez, à un des chefs de la religion St.-Simonienne.

CAVALIER.

Je suis un de ces rédacteurs; mais, avant tout; pourrais-je savoir à qui j'ai l'honneur de parler?

L'AVOCAT.

Votre demande est juste; c'est parce que j'avais prévu cette question que j'ai pris sur moi mon passeport; je n'aurais pas voulu que vous eussiez pu me prendre pour un espion de la police; aussi si vous daignez prendre lecture de cette feuille, vous serez convaincu que j'exerce une profession noble et indépendante.

CAVALIER lisant le passeporrt.

Oui, *Avocat et Capitaine de la garde nationale de Bordeaux.* Je vois, Monsieur, que j'ai l'avantage de parler à un homme qui occupe un rang dans le monde, et qui paraît environné de l'estime de ses concitoyens. Pourrais-je savoir, Monsieur, quel est l'objet de vos désirs?

L'AVOCAT.

J'ai lu, Monsieur, dans le glôbe qui parut avant-hier que vous étiez disposé à répondre à toutes les questions qui vous seraient adressées sur l'organisation de votre société, ou sur les dogmes de votre religion.

CAVALIER.

Oui, Monsieur.

L'AVOCAT.

Eh! bien, j'ose profiter de l'invitation que vous faites, et je suis venu vous soumettre mes réflexions.

CAVALIER lui présentant un fauteuil.

Monsieur, daignez vous asseoir. (*à part*); voyons ce qu'il va me dire: il ne paraît pas facile à convaincre.

L'AVOCAT.

Je ne vous cache pas, Monsieur, que dans la ville où je demeure, j'ai vivement combattu vos doctrines; mais comme je pourrais être dans l'erreur, j'ai profité de mon

B.

séjour à Paris, pour vous soumettre mes doutes et mes observations. Je ne demande pas mieux que d'être éclairé et si vous me sortez de l'erreur dans la quelle je suis, je vous promets, Monsieur, que lorsque je rentrerai dans mes foyers loin d'être un des antagonistes de votre religion, j'en serai au contraire un des propagateurs.

CAVALIER.

Nous serions enchantés, Monsieur, de vous avoir pour collaborateur ; votre influence pourrait nous être utile.

L'AVOCAT.

Si j'ai quelques amis, c'est parceque les opinions politiques ne me brouillent avec personne. Je ne me sépare que de ceux qui veulent le désordre et bouleverser l'ordre social, en attaquant les personnes et les propriétés.

CAVALIER.

Nous prêchons le respect des propriétés.

L'AVOCAT.

Oui, Monsieur, j'ai lu cela dans votre journal ; mais vous professez d'autres principes que je n'ai pas adoptés, et qui m'ont paru si non dangereux, du moins fort hazardés ; avec ces principes, il est impossible, selon moi, de maintenir l'ordre et la tranquilité dans un état. Un gouvernement, quelqu'il soit, Monarchique ou Républicain ne pourra jamais subsister, s'il n'a pas la force de faire respecter les personnes et les propriétés ; s'il en était autrement, plus d'impôts ; et sans impôts point d'administration civile ou militaire. On vous accuse aussi de vouloir changer l'ordre des choses actuelles, et quelques personnes suspectent peut-être sans raison, la sincérité de vos opinions.

CAVALIER.

Croyez, Monsieur, que nous avons de bonnes intentions
(*à part*) il paraît qu'il va me donner du fil à retordre.

L'AVOCAT.

Je le crois, Monsieur, mais on se demande de toute
part, comment des hommes qui ont tant de talens et qui
surtout écrivent si bien, ont pu présenter une théorie fort
belle sans doute, mais dont l'application sera toujours
impossible.

CAVALIER.

Continuez, Monsieur; mais quelqu'un vient; ah! c'est le
père Bouffantin; (*bas*) parbleu! il me sort d'un grand embarras (*haut*) Monsieur, voici le chef suprême.

SCENE X.

Les précédens, et BOUFFANTIN.

L'AVOCAT.

Monsieur, j'ai l'honneur de vous présenter mes très-
humbles civilités.

BOUFFANTIN.

Je suis votre serviteur (*à Cavalier*) quel est cet homme?

CAVALIER.

C'est un avocat de province; (*à part*) il ne paraît pas
être des nôtres. (*haut*) Monsieur est venu pour se faire

expliquer la doctrine St.-Simonienne; (*à part*) tu seras embarrassé pour le convertir.

BOUFFANTIN.

Daignez vous asseoir, Monsieur, et veuillez me faire part de vos réflexions.

L'AVOCAT.

Je profite, Monsieur de votre invitation: voici mes observations; vous annoncez dans votre journal que tous les privilèges de naissance, sans exception aucune, doivent être abolis.

BOUFFANTIN.

Oui, Monsieur.

L'AVOCAT.

Et que par suite, ce que vous appelez le privilège de l'hérédité doit être aboli; qu'un père ne peut pas transmettre ses biens à ses enfans, et que ceux-ci doivent en être privés.

BOUFFANTIN.

Oui, Monsieur.

L'AVOCAT.

Ce n'est pas la première fois que de pareilles idées ont été proposées. Cependant, Monsieur, vous savez que dans tous les temps, chez tous les peuples, après les révolutions même les plus démocratiques, on n'a jamais songé à mettre les biens en commun. Les sauvages eux-mêmes ne vivent pas en communauté : chacun a son habitation particulière et ses intérêts séparés. On a toujours reconnu que la nature obligeait et engageait non seulement les hommes, mais encore les animaux à transmettre leurs biens à ceux auxquels ils avaient donné l'existence.

BOUFFANTIN.

C'est vrai.

L'AVOCAT.

N'est-il pas certain qu'une foule d'animaux, qui vivent sur la terre, dans l'air, ou sous les eaux tels que les renards, les oiseaux et les castors transmettent leurs habitations à leurs petits ?

BOUFFANTIN.

J'en conviens.

L'AVOCAT.

Et il est à présumer, Monsieur, que si les hommes ne détruisaient pas les nids que les oiseaux ont faits, et les cabanes que les animaux ont construites, ces animaux transmettraient également leurs demeures à leurs successeurs.

BOUFFANTIN.

Mais vous savez, Monsieur, que les animaux ne trans-

mettent pas la subsistance à leurs petits quand ils sont deve-
nus grands.

L'AVOCAT.

C'est parcequ'ils n'en ont pas besoin ; la nature offre
à tous les animaux tout ce qui est nécessaire à leur
subsistance ; mais les fourmis qui vivent dans les souterrains
ramassent aussi pour les fourmis quelles ont engendrées;
donc il suit d'après les lois de la nature que non seulement les hommes, mais encore les animaux transmettent
à leurs successeurs ce qu'ils ont amassé ou receuilli.

SCENE XI.

Les précédens, un Domestique.

Le DOMESTIQUE à BOUFFANTIN.

Père suprême, voici vos journaux.

BOUFFANTIN à CAVALIER.

Tu peux les lire.

(Le Domestique sort.)

SCENE XII.

Les précédens.

L'AVOCAT.

Je suis fâché Monsieur, de vous empêcher de lire les

feuilles qu'on vous adresse ; mais je suis disposé à cesser cet entretien, si vous le jugez convenable

BOUFFANTIN.

Non, Monsieur, continuez.

L'AVOCAT.

Ainsi d'après votre système tous les privilèges de naissance, sans distinction aucune, doivent être détruits.

BOUFFANTIN.

Oui, Monsieur, et nous trouvons bien singulier qu'un homme fat, orgueilleux et très souvent ignorant, soit heureux et riche, quoiqu'il ne rende aucun service à la société, parceque le hazard l'aura fait naître d'un homme riche.

L'AVOCAT.

C'est malheureux, mais c'est une loi de la nature; il faut s'en prendre à Dieu qui le permet ainsi. Les animaux comme les hommes qui rendent le plus de services, ne sont pas toujours les mieux rétribués. Le chien d'un pâtre qui garde un troupeau, qui défend l'habitation de son maître, rend plus de services que celui d'une précieuse ou d'une marquise : l'un n'a pas souvent du pain, reçoit des coups de bâton, tandis que l'autre est bien soigné, bien nourri et très caressé; c'est un malheur; mais il faut s'en prendre à la nature ou au hazard, si vous ne vous voulez pas reconnaître l'existence de la divinité.

BOUFFANTIN.

Nous savons quil y a un être suprème; mais c'est une injustice que nous voudrions empêcher.

L'AVOCAT.

Il y aurait tant d'injustices à réparer dans ce monde, que personne ne peut se flatter de les faire cesser; les lois doivent tendre sans doute à rendre les hommes meilleurs; mais jamais elles ne pourront empêcher qu'il y ait des hommes égoïstes, froids, insensibles, disposés à la haine, à la méchanceté; s'il n'y avait pas des hommes vicieux, il n'y aurait pas des hommes vertueux.

BOUFFANTIN.

Il serait à souhaiter que les places, les dignités ne fussent pas héréditaires.

L'AVOCAT.

Je partage votre opinion; chacun devrait être récompensé selon son mérite; et c'est ce qui arrive qulquefois: des hommes obscurs quand ils ont eu des talens sont parvenus à fixer l'attention du prince et de leurs concitoyens; vous-même, Monsieur, et plusieurs membres de votre société étiez parvenus à des emplois honorables et lucratifs; vous voyez donc que le mérite ne reste pas toujours sans récompense.

BOUFFANTIN.

Oui, mais il serait à souhaiter que les biens de la terre fussent dévolus au plus digne; *à chacun suivant sa capacité, à chacun suivant ses œuvres.*

L'AVOCAT.

Quel serait le distributeur de toutes les fortunes ? c'est très beau en théorie, mais en pratique, c'est impossible. Il faudrait un chef, un homme infaillible pour ne pas se tromper dans la distribution ; vous ne voudriez pas sans doute être le dispensateur de toutes les fortunes ; vous allumeriez contre vous trop de haines, trop d'inimitiés. Pour que chacun fut satisfait de la part que lui serait faite, suivant sa capacité, il faudrait créer des hommes sans ambition et sans cupidité. Or je soutiens que la vanité est après la sensualité, la passion la plus dominante non seulement chez tous les hommes, mais encore chez tous les animaux. Voyez deux chiens ; tous les deux seront rassasiés ; si vous caressez l'un plus que l'autre, celui qui n'aura pas fixé votre attention sera jaloux. Voyez des chevaux à la course ; quel est le sentiment qui les domine si ce n'est une espèce de vanité ?

BOUFFANTIN.

Ce que vous dites est juste ; mais nous voudrions diminuer l'influence de l'aristocratie.

L'AVOCAT.

Je conviens avec vous qu'il faut diminuer l'influence de l'aristocratie ; mais une égalité parfaite dans la condition de tous les hommes est impossible ; et d'ailleurs vous vous mettez en contradiction avec vous-mêmes, puisque vous voulez créer une aristocratie de capacités, ou plutôt une véritable théocratie.

BOUFFANTIN.

Nous savons que les hommes étant inégaux en forces

physiques et morales ne pourront jamais être égaux entr'eux: l'égalité la plus parfaite serait bientôt détruite, quoiqu'elle existât dans ce moment.

L'AVOCAT.

L'inégalité existe chez les hommes comme dans les plantes de la même espèce; c'est une loi de la nature. Voulez-vous que je vous dise ce que l'on pense de vos doctrines?

BOUFFANTIN.

Oui , Monsieur.

L'AVOCAT.

Eh bien excusez la franchise de mes opinions : on dit que vos doctrines peuvent être nuisibles; il est des hommes, (il est vrai que ce sont des gens sans consistance, sans honneur et sans probité), qui à l'aide de vos doctrines voudraient une espèce de loi Agraire.

BOUFFANTIN.

Nous savons qu'elle est impossible ; il faudrait la renouveler chaque jour.

L'AVOCAT.

Chez les Romains on en parla quelque fois ; et vous savez que le peuple lui-même condamna à la peine de mort les Gracques qui l'avaient proposée. Vous savez aussi que la convention , quoiqu'elle eut admis l'art ......

prononça par son décret du 18 mars 1793, la peine de mort contre quiconque oserait parler de la loi Agraire.

BOUFFANTIN.

Il paraît, Monsieur, que vous avez vivement combattu nos doctrines; vous êtes riche sans doute?

L'AVOCAT.

Non, Monsieur, je suis plutôt pauvre que riche; mon père a perdu toute sa fortune dans un naufrage, et je n'ai pas six cents francs de rente.

BOUFFANTIN.

Eh bien! pourquoi combattez-vous nos doctrines? Pourquoi soutenir ces hommes oisifs, riches, mais insensibles, qui ne veulent s'exposer à aucun danger, et qui ne pouvant imiter les hommes courageux qui se dévouent à maintenir l'ordre et la tranquilité, calomnient souvent ou diminuent avec une basse envie le mérite de ceux qui les défendent et les protégent.

L'AVOCAT.

Je conviens qu'il y a de tels hommes, et c'est une honte pour la société.

BOUFFANTIN.

D'après notre système vous seriez plus heureux, vous seriez rétribué suivant votre capacité.

L'AVOCAT.

Monsieur, je sais toujours faire le sacrifice de mes intérêts à l'intérêt général. Je ne veux pas m'enrichir aux dépens d'autrui ; je veux que les personnes et les propriétés , surtout celles qui sont bien acquises soient toujours respectées ; et que ceux que vous appelez improprement *prolétaires* ne puissent pas s'emparer du pouvoir dont ils abuseraient à leur tour, pour oprimer le peuple dont ils se disent les amis.

BOUFFANTIN.

Mais nous savons que toute mesure violente ne peut pas durer, et nous voulons agir par la persuasion.

L'AVOCAT.

Oui, Monsieur, et pour réussir vous vous servez d'une religion nouvelle, organisée par vous ; c'est ce que firent en 93 quelques prêtres, en petit nombre sans doute, qui méconnaissant l'esprit du Christianisme avaient ramassé des richesses immenses ; ils disaient qu'ils avaient été dépouillés , et qu'ils pouvaient dépouiller à leur tour ceux qui avaient acheté les biens du clergé ; aussi la convention rendit-elle alors ce decrét qui punissait de mort quiconque parlerait de la loi Agraire.

BOUFFANTIN.

Cette peine de mort est-elle encore dans la loi ?

L'AVOCAT.

Oui , Monsieur, l'article 91 du code pénal punit de mort ceux qui excitent au pillage, à la guerre civile , au

BOUFFANTIN.

C'est bon à savoir; nous prendrons nos précautions.

L'AVOCAT.

Monsieur, je n'ai pas sans doute le droit de vous donner des conseils; mais si vous vouliez me le permettre, je vous dirais que vous devez renoncer à votre projet dans votre intérêt, dans celui du peuple et de la liberté.

BOUFFANTIN.

Pourquoi dans l'intérêt de la liberté?

L'AVOCAT.

Oui, Monsieur, dans l'intérêt de la liberté: car la liberté ne consiste pas dans le droit de tout faire, le bien comme le mal; la liberté est le pouvoir qui appartient à l'homme de faire tout ce qui ne nuit pas aux droits d'autrui; elle a pour principe la nature, pour règle la justice, pour sauvegarde la loi; sa limite morale est dans cette maxime: « ne fais pas à autrui ce que tu ne voudrais pas qu'il te soit fait. » Voilà la définition de la liberté, telle qu'elle fut donnée par la convention, quand elle publia la constitution de l'an III.

BOUFFANTIN.

C'est vrai.

L'AVOCAT.

Eh bien, Monsieur, la liberté s'est toujours perdue chez

plusieurs peuples par la cupidité et l'audace de quelques
ambitieux qui l'ont faite détester par leurs excès. Aussi
l'histoire de tous les peuples, nous prouve que lorsqu'ils
ont été dans l'anarchie, ils ont accordé volontairement
une grande autorité au premier chef militaire qui se pré-
sentait. Ils aimaient mieux être soumis au despotisme
d'un seul, qu'à la tyrannie de plusieurs individus.

Permettez, Monsieur, que je me retire en vous renou-
velant mes civilités.

BOUFFANTIN, l'accompagnant.

Je suis votre très humble serviteur.

SCÈNE XIII.

BOUFFANTIN à CAVALIER.

Eh bien? en voilà un difficile à retordre; cela ne m'é-
tonne pas; peste soit des avocats, des médecins, et de tous
les industriels, ils en savent autant que nous; ils ont
plus d'influence, et nous arrêteront dans notre entreprise.

BOUFFANTIN.

C'est malheureux! mais que disent les journaux?

CAVALIER.

Tiens, voilà la gazette des tribunaux et le moniteur
qui parlent de deux St.-Simoniens qui ont chacun assas-
siné leur maîtresse: l'un à Narbonne, l'autre à Cahors,
à Narbonne, le peuple voulait dans sa fureur massacrer l'as-
sassin dans les rues, et jetter son cadavre à la voi-

rie; il mêlait à ses malédictions le nom des chefs de la religion St.-Simoniènne; à Cahors, celui qui assassina sa maîtresse disait: je suis républicain et St.-Simonien. (voyes le glôbe du 7 avril et le moniteur du 13 novembre 1832).(*)

BOUFFANTIN.

C'est malheureux!

CAVALIER.

Ce n'est pas tout! voici une feuille, la constitution de 1830. (journal du 3 avril) qui parle de l'affaire de Jules Toché. (Cavalier lisant). « En quel siècle vivons nous pour que l'esprit de rapine lève une tête effrontée, audacieuse? nous croyons être l'écho de tous les pères, de toutes les mères de famille, déjà la société alarmée, en appelant sur les manœuvres de ces intriguants éhontés, et dangereux, la sollicitude du gouvernement et l'attention de la justice.

BOUFFANTIN.

C'est asssez.

CAVALIER.

Ce qu'il y a de plus malheureux encore pour nous, c'est que les journaux même républicains, nous tournent en ridicule.

(Voyez le *Courrier Français* du 30 et la *Tribune* des 30 et 31 août 1832).

_____

(*) La peine prononcée contre ce malheureux jeune homme fut commuée, parcequ'on vit qu'il n'avait été poussé à ce crime que par les fausses doctrines dont il était imbu.

BOUFFANTIN.

Nous aurons beaucoup d'embarras à surmonter.

CAVALIER.

Oui; mais nous avons tant fait qu'il faut continuer notre rôle. Mais songeons à une chose importante; c'est aujourd'hui Dimanche, il te faut prêcher; c'est votre tour Père suprême.

BOUFFANTIN.

Oui; il faut prêcher; mais il faut aujourd'hui dé-jeuner; je suis affamé et me suis un peu enroué, en voulant reconcilier ces extravagans de Bazard et de Lodrigués, quel contre coup grand Dieu !

CAVALIER.

Je vais les joindre et faire préparer le déjeuner; tâchons de les reconcilier avec du Bordeaux et du Champagne.

FIN DU PREMIER ACTE.

ACTE II.

SCENE I.

Le père Bouffantin paraît en bonnet de coton blanc ; entouré d'un large ruban couleur bleu de ciel: il est à une fenêtre d'un hôtel situé à Paris rue Monsigny; il parle au peuple en attendant qu'on ouvre les portes du théâtre de l'opéra comique qui est tout près de la rue Monsigny.

BOUFFANTIN.

Je suis le Dieu vivant,
Le Dieu de Judée et d'Égypte,
Le Dieu d'Italie et de France,
Le Dieu d'Orient et d'Occident:
De l'ancien monde et du nouveau,
Il n'est pas d'espace que je ne remplisse,
Point de pensée que je ne saisisse,
Je suis l'esprit et la chair du monde,
Je suis partout et je suis tout,
Je suis Dieu !

Un SPECTATEUR.

Quelle comédie !

BOUFFANTIN continuant.

Et maintenant je veux me révéler au monde en une seule fois.

Dans toute ma gloire,
Je suis la terre et ses continens,
La mer et ses navires pavoisés ;
Je suis la race mélangée des hommes,
Qui prélude à l'universelle communion ;
Je suis le soleil qui brûle au milieu des airs,
Je suis la lune blanche qui suit la terre,
Et les planètes que le soleil emporte,
Je suis l'assemblée des mondes lumineux,
Et la grave harmonie qui les met en cadence,
Et les comètes délirantes,
Qui dansent à travers les mondes,
Ainsi que des bacchantes échevelées ;
Ainsi Dieu dit au monde, par la bouche de son poëte,
De son poëte, moi père Bouffantin ;
Alors que mon esprit voyageait,
A travers les nations en désordre,
Considérant l'harmonie des cieux ;
Et que vos yeux contemplent pleins d'espoir,
La souveraine et noble majesté
Du visage de votre père.

(Voyez le globe du 4 avril 1832.)

Un SPECTATEUR.

Contemplez pleins d'espoir,
La souveraine et noble majesté
Du visage de votre père.

BOUFFANTIN toujours à la fenêtre.

Enfans, depuis notre dernière entrevue, l'autorité a fait fermer la salle de la rue Tailbout.

Un SPECTATEUR.

Et elle a bien fait !

BOUFFANTIN.

Mais notre amour pour vous nous a déterminés à braver les rigueurs de la saison, la justice et ses agens, pour venir vous haranguer du haut de cette fenêtre.

Un SPECTATEUR.

C'est un fou, ou un imbécille.

BOUFFANTIN.

» Ah ! je suis fou ? nous allons voir. Je suis Pape et Apôtre; et d'abord sachez ce que c'est qu'un Apôtre; l'Apôtre fidèle à l'orbite souverain du messie reflète au loin la lumière de cet astre immense, agrandie de ses propres rayons, et lui-même il est centre; il sait dans cette divine hiérarchie obéir et commander; et comme le révélateur dont il est satellite, il est un monde. »

(Glôbe du 20 avril, page 444.)

» Dieu m'a donné une mission : au nom de St.-Simon mon maître, je vous parle. St.-Simon a dit: l'individu social c'est l'homme et la femme. Votre père Bouffantin pose la loi morale nouvelle, et appelle la femme à régner avec lui. St.-Simon fut le maître, Bouffantin est le père. (Bouffantin tousse beaucoup après avoir parlé avec volubilité).

Un SPECTATEUR.

Notre St.-Père le Pape paraît enroué.

Autre SPECTATEUR.

Le pauvre homme !

Une Marchande de sucre d'orge.

┌ A deux sous le sucre d'orge! faites-vous servir Messieurs et
Mesdames.

Un SPECTATEUR.

Donnez-en ; tenez, voilà deux sous. Père suprême, voulez
vous une bille de sucre d'orge ? (il monte sur les épaules
d'un autre spectateur, et offre du sucre d'orge au Père
Bouffantin.)

BOUFFANTIN.

Je prends toujours ce qu'on me donne.

Les SPECTATEURS.

Bravo ! (Applaudissemens.)

BOUFFANTIN.

Je prends aussi de l'argent, si vous en avez.

Un SPECTATEUR.

Ah! c'est ce qu'il désire ; mais il n'aura pas le mien.

BOUFFANTIN,

Je continue : l'apôtre ambitionne la gloire, et supporte l'opprobre; il savoure la richesse, et endure la pauvreté; il aime le plaisir, et s'impose le célibat; il affronte le danger, et bénit la paix; il est ministre, il est moine, il est confesseur. « Je vous le prédis; rappelé par vous-mêmes, un jour il reparaîtra déployant aux vents propices ses voiles blanchissantes, pavoisé de toutes les couleurs, retentissant de mille cris de joie et de gloire, volant sur les vagues écumantes, laissant derrière lui un sillon lumineux, étincelant enfin sous un ciel d'azur de tous les rayons d'une lumière éblouissante; tel il reparaîtra; car il porte le messie de Dieu et le roi des Nations.

(Globe du 20 avril, page 444.)

Un SPECTATEUR.

Ah ça, nous prend-il pour des imbécilles avec ses belle s phrases? nous comprenons le français, père Bouffantin, nous ne sommes pas des Cosaques.

BOUFFANTIN continuant.

Je proclame la femme libre.

Une FEMME spectatrice.

Ah, nous serons libres.

BOUFFANTIN.

La communauté des biens, la communauté des femmes

enfin la promiscuité des sexes, oui je veux l'affranchissement de la liberté, et l'élargissement de la femme.

Un SPECTATEUR.

Ce que j'aime le plus , c'est la communauté des femmes.

(Il veut en embrasser une.)

La SPECTATRICE.

A bas les pattes.

Le même SPECTATEUR.

Tu fais bien la revêche.

La même SPECTATRICE.

[Laisse-moi écouter le St.-Esprit de St.-Simon.

BOUFFANTIN.

Je vous annonce qu'il n'y aura plus de procès, de
guerres, de vols, de banqueroutes, de viols, d'assassinats,
de prostitutions, plus de salle de danse, plus de comédie.

Un SPECTATEUR de 17 ans habillé en ouvrier.

Ah, il n'y aura plus de comédie? Attends un peu. *Il jette
une pomme cuite au visage du père suprême : cette pomme doit êt · jetée adroitement; le bruit doit être entendu*

*dans toute la salle, on peut; crainte de manquer le but et
de l'intérieur de la salle où se trouve Bouffantin, imiter le
bruit d'un corps gras qui frappe sur le bois.*

(Les Spectateurs se mettent à rire aux éclats)

BOUFFANTIN.

Je crois qu'on me jette des pommes cuites; mais c'est
égal, je brave la tempête : je ne m'étonne pas d'entendre
couvrir de cris outrageans, l'appel d'affranchissement et
d'égalité que j'adresse aux femmes ; je suis chaste et vis
dans le célibat ; j'aime les femmes, parcequ'elles m'aiment

Un SPECTATEUR à un de ses amis.

Vous êtes fort heureux. (*à part*) je m'amuse autant qu'à
l'opéra-comique: ma foi, je ne vais pas au théâtre.

BOUFFANTIN.

Mes enfans, votre père vous demande la permission de
boire une véhicule ; c'est de l'eau pure: elle n'est pas sucrée.

Autre SPECTATEUR, Anglais d'origine,

God-dem! ah, mon Dieu, ma montre, on m'a volé ma
montre, au voleur! au voleur!

Autre SPECTATEUR.

Ce voleur profite à ce qu'il paraît des doctrines

St.-Simoniennes. Trois ou quatre Spectateurs sortent alors pour poursuivre le voleur ; on crie au voleur ! arrêtez, au voleur ! au voleur! (Grande rumeur.)

SCENE II.

ÉMILE BARRAULT paraît à la fenêtre.

Un SPECTATEUR.

Voici encore un autre farceur,

BARRAULT.

Hommes ingrats, vous, peuple , qui abreuvez Bouffantin notre père d'outrages et d'humiliations, songez que vous avez commis un horrible et exécrable attentat, en lui jetant des pommes cuites.

Un SPECTATEUR.

Et où ?

BARRAULT avec un ton piteux.

A la figure. Cette figure si noble et si belle. Aussi le père Bouffantin va se recueillir et vous faire ses

adieux ; et afin de marquer par un acte magnifique son
avénement à ce rang unique de Messie, de Dieu et de roi
des Nations dans lequel ses fils l'exaltent aujourd'hui, et la
terre l'exaltera un jour; cet heritage de St.-Simon qu'il
reçut de Lodrigues, aujourd'hui qu'il l'a lui-même agrandi,
fécondé et doté de sa révélation ; il le donne à tous, et
tous vont se le partager; il ne le vend pas, il le donne;
et il prépare par un progrès nouveau son intronisation.
Car le monde voit son Christ, et ne le reconnaît pas encore; c'est pourquoi il se retire avec ses apôtres du milieu de vous. (Telle est la vérité).

Un SPECTATEUR.

Ah, vous voilà tombés!

BARRAULT, continuant avec résignation.

Vous voilà tombés, dites vous? eh bien, oui, expirans,
morts; vous ajoutez que nous sommes des insensés d'avoir
rêvé que le siècle ferait crédit à Dieu, des fanatiques orgueilleux, des théocrates imposteurs. Le roi des nations
a-t-il donc abdiqué? Quoi une liquidation de la société
universelle! ah, votre morale vous a perdu, voilà ce que
vous dites, n'est-ce pas?

SPECTATEURS.

Oui, oui, vous êtes des jongleurs.

BARRAULT continuant.

Eh bien! soyez contens, prophètes qui tant de fois avez
prédit notre ruine!

Sages qui gourmandiez notre audace, glorifiez-vous !
Amis zélés qui déploriez notre aveugle dévouement, gémissez!
Railleurs qui aviez de superbes dérisions pour nos projets
ambitieux, insultez!

Un SPECTATEUR.

Maintenant il fait du sentiment.

BARRAULT.

Mais le père suprême va vous faire ses adieux ; il va
reparaître une dernière fois rayonnant de beauté et de
gloire: nous réussirons une autre fois et nous serons rétribués suivant notre capacité et suivant nos œuvres ; mais
gloire à ceux qui nous apportent de l'argent.

(La fenêtre se ferme).

SCENE III.

Les mêmes SPECTATEURS.

Quelle comédie !

Un DÉCROTEUR.

Faites-vous cirer, Messieurs et mes Dames, à un sol, à deux
liards les St.-Simoniens; je cire pour deux liards ceux qui
ont de la capacité.

Un SPECTATEUR partisan de la doctrine.

Quel est cet insolent, veux-tu te taire? (il veut frapper
le Décroteur).

Un SPECTATEUR défend le Décroteur.

Qu'est-ce que tu veux à cet enfant ?

Le Décroteur à celui qui a voulu le frapper, le mena-
çant à son tour.

Méchant gamin ! !

Autre SPECTATEUR.

Finissez, taisez-vous, voici le père suprème!

Tous les SPECTATEURS.

Silence ! Silence!

SCENE IV.

BOUFFANTIN à la fenêtre.

Avant de commander le silence à la voix qui chaque
jour annonce aux hommes qui nous sommes, je veux
qu'elle dise qui je suis; écoutez-moi; si je parle mal, je
vous autorise à m'interrompre. Dieu m'a donné mission
d'appeler le prolétaire et la femme à une destinée nouvelle;
j'ai dit; mais je parlais pour être entendu par ceux qui les
premiers devaient entendre, par ceux qui ont puissance
d'affranchir et qui dominent, d'associer et qui divisent
de moraliser et qui perdent.

J'ai dit; et ils se sont efforcés de ne pas m'écouter : mais
ma parole est entrée malgré eux dans leurs oreilles et
s'échappe à leur insu de leur bouche.

Je puis donc leur laisser aujourd'hui le soin de la répandre.

Un SPECTATEUR.

Il ne parle pas mal actuellement.

BOUFFANTIN.

Je me retire sur une des hauteurs qui dominent Paris.

Un SPECTATEUR.

Observer le ciel et les étoiles ?

BOUFFANTIN.

Une phâse de ma vie est aujourd'hui accomplie; j'ai parlé; je veux agir.

Autre SPECTATEUR.

Avec la femme libre.

Autre SPECTATEUR.

Pas avec la mienne.

BOUFFANTIN.

La République et son anarchie populaire ne peuvent naître.

Un SPECTATEUR.

Nous le savons, et nous ferons tous nos efforts pour l'empêcher.

Autre SPECTATEUR.

Moi, je suis républicain.

BOUFFANTIN.

La République est impossible. Un Dieu, le fondateur de la religion chrétienne n'a pas pu l'établir parmi les hommes: vous n'êtes pas assez vertueux; il faudrait que les hommes ne se trompassent pas, qu'il n'y eût plus de procès, de discussions, plus de commerce et d'industrie.

Le même SPECTATEUR.

Les Romains vivaient en république.

BOUFFANTIN.

Oui, mais ils s'égorgeaient entr'eux; ils n'honoraient que les hommes qui faisaient la guerre, ou qui s'adonnaient à l'agriculture; ils n'accordaient point le droit de citoyen à ceux qui exerçaient l'état de marchand.

Le même SPECTATEUR.

Et pourquoi cela ?

BOUFFANTIN.

Parceque le commerce entretient le luxe, et que le luxe perd les mœurs d'une république.

Le même SPECTATEUR.

Il a raison, ma foi, je ne suis plus républicain.

BOUFFANTIN.

Industriels, commerçans, artistes, ouvriers qui m'écoutez, si vous viviez en république il faudrait renoncer au luxe, au commerce et à l'industrie ; vous ouvriers, vous ne vivriez plus dans les grandes villes: il faudrait revenir à la campagne et vous livrer à l'agriculture.

Un SPECTATEUR.

Il a raison dans ce moment.

BOUFFANTIN continuant.

Les privilégiés de chateau ne ressusciteront pas.

Un SPECTATEUR.

Nous n'en voulons pas.

BOUFFANTIN continuant.

Le gouvernement parlementaire et son mysticisme bourgeois se meurent.

Un SPECTATEUR.

Nous sommes constitutionnels , nous tenons au gouvernement représentatif , et nous le préférons à votre théocratie.

BOUFFANTIN.

Vous n'avez plus d'autels ; les trônes sont ébranlés : les

familles se déchirent; Dieu , les rois et l'amour ne sont plus.

Un SPECTATEUR.

Oh! c'est un peu fort.

Autre SPECTATEUR.

Maintenant il perd la trémontane.

BOUFFANTIN.

Une religion nouvelle, une politique nouvelle, une morale nouvelle.

Un SPECTATEUR.

Et de plus une farce nouvelle.

BOUFFANTIN.

Voilà ce que je vous apporte , et moi seul je pouvais vous les donner parce que...

Un SPECTATEUR.

Parce que ?

BOUFFANTIN.

Parce que vous m'avez aimé, et parce que je vous aime.

Un SPECTATEUR.

Vous êtes donc fort aimable ? je ne l'aurais jamais cru.

BOUFFANTIN.

Je parle aux femmes; je leur demande d'écouter avec
bienveillance, avec respect l'homme dont la vie est con-
sacrée à détruire la prostitution; de recevoir avec bonté,
avec amour, la parole de cet homme qui veut aussi
délivrer le monde de l'adultère; de m'entendre et de
m'aimer, enfin moi qui ai la sainte prétention de sauver
le faible de la violence, parce que je suis fort, et le fort
de la fraude, parce que je suis vrai. Une nombreuse famille m'entoure; l'apostolat est fondé; je livre aux femmes
un héritage de liberté. Je sais quelle a été jusqu'à ce jour
la puissance destructive de ce mot de liberté jeté au milieu
d'esclaves enchaînés et baillonnés. Mais grâces à Dieu! les
esclaves ici ce sont des femmes, et ce n'est pas par le désordre et la brutalité qu'elles triomphent. L'homme qui vous
parle a vécu au milieu de vous: sa vie n'a pas été solitaire.
Il a été connu de beaucoup d'entre vous; et parmi ceux-là
il n'en est pas un seul qui ne l'ait aimé: pourtant cet homme
est livré aujourd'hui aux risées et aux calomnies du monde.

Un SPECTATEUR.

Ma foi, c'est bien dommage.

BOUFFANTIN.

Sa mère le berçait du nom du bonheur, parcequ'il
souriait en venant à la vie. Dieu entourait ses jeunes ans
de plaisirs et de richesses ; son frère enfant de la poësie le
nourrissait d'harmonie et de lumière; et son enfance et sa
jeunesse étaient heureuses au milieu d'enfans et de jeunes
hommes à qui son amitié était douce; pourtant aujourd'hui
cet homme, vous l'abreuvez de sarcasmes et d'outrages.

Un SPECTATEUR.

Consolez-vous, les femmes vous aiment.

BOUFFANTIN.

Parce que cet homme prétend moraliser votre vie, voilà que vous lui jetez le mépris et l'outrage. Celui qui fut aimé de vous ne vous demandera pas raison de votre insanie ; il attendra et agira.

Un SPECTATEUR.

Avec la femme libre?

BOUFFANTIN

Trève de plaisanteries. Elles sont déplacées à l'égard de celui dont la vie est pure, et qui s'est mortifié en s'imposant le célibat. Mais puisque vous ne voulez pas entendre ma voix prophétique, je me soumets à vos sarcasmes avec une résignation évangélique.

L'homme qui ose parler ainsi, doit être écouté, car il a déjà prouvé qu'il savait se faire entendre.

Les SPECTATEURS de toutes parts.

Silence! silence!

BOUFFANTIN.

Mais, je vous le répéte: je veux me reposer et me taire.

D.

Un SPECTATEUR.

Et vous ferez bien.

BOUFFANTIN.

Car pour parler vous mêmes, vous avez besoin de mon silence, de mon silence qui sera une calamité pour le pays. Au reste vous lirez ce que je vous dis dans le glôbe qui paraîtra demain pour la dernière fois.

BOUFFANTIN.

Je me retire avec mes enfans; gloire à eux qui aident si puissamment leur père à accomplir la volonté de Dieu.

Chers enfans.

Ce jour où je parle, est grand depuis 18 siècles dans le monde: en ce jour est mort le divin libérateur des esclaves. Pour en consacrer l'anniversaire, que notre sainte reraite commence. Je vous salue.

Un SPECTATEUR.

Et la farce est finie.

SCÈNE V.

DUPEYRIER. les même SPECTATEURS.

Au moment où nous nous apprêtons à entourer notre père d'un cortège et d'un culte qui soit un témoignage éclatant de la sagesse et de la sollicitude de notre foi en sa personne, nous demandons à tous les hommes enthousiastes et courageux de proner par tout celui qui a tracé à ses apôtres et à ses ambassadeurs le programme des travaux et des fêtes du peuple.

Un SPECTATEUR.

Dansera-t-on aujourd'hui chez le Père suprême ?

DUPEYRIER.

Aujourd'hui le Père suprême recevra comme à l'ordinaire; mais à cause de la situation douloureuse de la population parisienne, on ne dansera pas. (*Voyez le glôbe du 11 avril* 1832)

Un autre SPECTATEUR.

C'est malheureux.

Un SPECTATEUR,

Dailleurs on ne doit pas danser pendant notre retraite.

Un SPECTATEUR.

C'est juste.

DUPEYRIER.

Mais notre père nous ordonne à nous ses apôtres, membres de son collége de convoquer à Paris pour le 1er juin, tous les hommes et toutes les femmes qui nous aiment et qui mettent en nous leur espoir. Nous romprons à certains jours notre retraite pour les réunir autour

de nous et leur annoncer la vie nouvelle que nous aurons
conçue ; qu'ils se préparent à passer un mois près de nous
pour recevoir l'inspiration des œuvres à faire ; que sur
leur route , pèlerins nouveaux , ils proclament le but de
leur saint voyage. (*On entend le bruit d'une cloche*).

DUPEYRIER.

La retraite commence. Notre père se sépare de nous

Un SPECTATEUR.

Ainsi soit-il.

SCÈNE VI.

Les mêmes SPECTATEURS.

Un SPECTATEUR.

C'est aujourd'hui le jeudi saint. (*)

Autre SPECTATEUR.

Tiens ; c'est vrai : il va se faire crucifier.

Un autre.

Il est modeste le père Bouffantin ; il veut faire comme
le fondateur de la religion chrétienne.

(*) On n'a qu'à remarquer les dates: le dernier numéro du globe
parut le **20** avril 1832 , jour du vendredi saint; d'où il suit que le père
Bouffantin est censé avoir prononcé son discours le **19** avril, jour du
jeudi saint de l'année 1832.

Autre.

Il va jeuner pendant 40 jours.

Autre.

Il ne jeunera pas.

Autre.

Je te dis qu'il jeunera.

Autre.

Il ne jeunera pas; je parie qu'il ne jeunera pas.

Un SPECTATEUR, bossu et contrefait.

Il est enfoncé. Mais je vous le répéte , ce que j'aime le plus , c'est la communauté des femmes.

Il s'adresse à une : il veut l'e. ...rasser ; et lui dit es tu libre toi ?

La FEMME.

Tiens , vois celui-la avec sa face de carême !

Autre SPECTATEUR.

Qu'est-ce que tu fais à cette femme vieux cosaque? Qui es-tu , toi ?

Le BOSSU.

Tiens , il fait le plaisant. Moi , je suis prolétaire.

L'autre SPECTATEUR

Qu'es-que tu dis toi , avec tes insolences? Voyez le joli prolétaire. Il lui donne un coup de poing à la figure. (Ils se battent).

Un SPECTATEUR

Voici la garde sauvez-vous. Les combattans s'échappent.

SCÈNE VII.

Un COMMISSAIRE avec la garde.

Le COMMISSAIRE

Quel est donc ce vacarme?

Un SPECTATEUR.

Ce sont des hommes qui se battent.

Le COMMISSAIRE.

Où sont-ils?

Un SPÉCTATEUR.

Ils prennent la fuite.

Le COMMISSAIRE.

Ils font bien ; mais il faut évacuer la salle. Vous savez que les attroupemens sont défendus.

Un SPECTATEUR.

Nous allons nous retirer. Nous en avons assez de cette comédie.

Le COMMISSAIRE.

Qu'elle comédie?

Un SPECTATEUR.

Celle des St.-Simoniens. Nous venons d'entendre la dernière prédication du père suprême.

Le COMMISSAIRE.

Cela devait être comique. Messieurs, puisque vous me paraissez des citoyens paisibles et tranquilles, amis de l'ordre et de la paix, je puis donc me retirer.

Un SPECTATEUR.

Nous allons vous suivre. (*Le commissaire sort avec les spectateurs*).

SCÈNE VIII.

Le CAPORAL à ses Soldats.

Garde à vous —- portez armes.

(Les Soldats font le mouvement).

Le CAPORAL.

Par le flanc droit-droite.

Par file à gauche et pas accéléré-marche.

Le caporal et les six hommes de garde défilent en saluant le parterre.

FIN DU SECOND ACTE.

ACTE III.

Le théâtre représente une salle à manger. Des do-
mestiques apportent successivement des plats sur la table.

SCÈNE PREMIÈRE.

BOUFFANTIN, BAZARD, LODRIGUEZ, CAVALIER, PARRAULT
DUPEYRIER.

BOUFFANTIN.

Je vous annonce que je ne veux plus prêcher. Je commence à m'apercevoir que le peuple lui même se moque
de nous, et je ne veux plus m'exposer à ce qu'on me jette des pommes cuites à la figure.

CAVALIER.

C'est malheureux. Le peuple est aujourd'hui plus instr-
uit qu'autrefois, et nous ne pourrons pas faire beaucoup de
dupes.

PARRAULT.

Cependant nos nouveaux principes en fait de religion
et de politique auraient dû nous donner des sectaires.

PAZARD.

Nous nous sommes rendus trop ridicules.

BOUFFANTIN.

Les lumières ont fait tant de progrès, qu'il ne faut
plus songer à notre entreprise. Savez-vous ce que disent
les journaux?

CAVALIER.

Tiens, voici quelques articles du *Figaro*

BOUFFANTIN.

Je ne veux pas les lire ; il nous tourne trop en ridi
cule. Ce journal a compris que c'était le seul moyen de
nous combattre.

CAVALIER.

Voici un article de la *constitution* de 1830, qui parle de
Jules Toché.

BOUFFANTIN.

Ne parlons plus de cela

CAVALIER.

Voici un article de la *Tribune* et du *Courrier français·*

BOUFFANTIN.

Voyons.

CAVALIER *lisant*.

«Le ridicule avait fait justice des St. Simoniens. Pour ce
qui concerne la théorie de la femme libre et les relations entre les deux sexes, il ne nous paraît pas que la doctrine des
St. Simoniens soit fort dangereuse. Elle a quelque chose de
trop effronté et de trop dégoûtant dans les termes mêmes où
elle est prêchée. Les femmes qui se laisseraient séduire par
elle, se seraient probablement laissé prendre à de bien autres
séductions et, ne mériteraient guère la peine qu'on se donne pour les en préserver.

Ensuite le spectacle d'un homme qui s'intitule la loi vi-
vante, que ses sectaires appellent Dieu, est trop grotesque
pour dix-neuvième siècle.

BOUFFANTIN.

Il a raison ; aussi vous avez eu tort de vouloir me faire passer
pour un Dieu.

CAVALIER.

Voici d'autres articles de la *Tribune* et de la *Gazette* des tribunaux

BOUFFANTIN.

Quoi! la *Tribune*, le Journal républicain nous attaque aussi ?

CAVALIER.

Parmi les républicains il y a des honnêtes gens.

BOUFFANTIN.

Oui, ceux qui ne veulent pas le pillage. Il en est qui sont probes, vertueux et républicains de bonne foi. Mais songeons à nous mettre à table.

DUPEYRIER.

Tu as raison.

Autre APOTRE.

A table, à table.

SCÈNE II.

BOUFFANTIN, CAVALIER, BOUFFARD, BARRAULT, DUPEYRIER
se mettent à table.

BOUFFANTIN.

Il ne faut plus de discordes parmi nous; l'union fait la force. La concorde, voilà ce que je ne cesserai de vous prêcher; je ne tiens pas beaucoup à être le père suprême; le poste est assez périlleux; mais c'eut été un malheur pour nous tous, si Lodrigues ou Lazard avaient pu me suplanter; il faut une hiérarchie dans toute société. Vous voyez qu'il n'y a qu'un seul Pape dans la religion chrétienne, et qu'il n'y a qu'un seul chef dans les états du monde, soit qu'on l'appelle Empereur, Roi, Président, Doge ou Dictateur; la nature semble donner cette leçon aux hommes puisqu'il n'y a qu'un seul soleil dans l'univers. Ainsi, si vous voulez que je fasse prospérer la doctrine et surtout vous faire faire de bons repas, il faut que vous juriez de m'obéir.

Tous les PÈRES *ensemble.*

Oui, nous le jurons.

CAVALIER,

Buvons à notre réconciliation.

(*Pendant ce temps on entend du bruit au dehors, et les trépignemens d'hommes qui entrent de vive force.*)

SCÈNE III.

Les précédens, un Domestique éffrayé.

Le Domestique.

Messieurs, on force le logis; une bande d'ouvriers assiège la maison; ils viennent en foule. Ils veulent, disent-ils, se mettre à table et prendre part à votre festin.

BOUFFANTIN.

Ah mon Dieu ! quelle mésaventure !

Dupeyrier, Cavalier et autres apôtres se lèvent et prennent chacun un plat, l'un un gigot, l'autre un poulet pour empécher, autant qu'il est en eux, qu'on ne leur prenne tout ce qui est sur la table.

CAVALIER.

Montrant son gigot au parterre, sauvons au moins quelque chose dans cette bagarre.

SCÈNE IV.

LES PRÉCÉDENS· c'est à-dire tout les pères; troupe d'ouvriers armés de tire-pieds; ils envahissent la salle à manger.

GUILLAUME, *l'un des ouvriers.*

Bonjour, nos révérends pères! bonjour! Nous avons faim, et vous qui êtes rassasiés, cédez de suite vos places.

BOUFFANTIN.

Quoi ! vous osez envahir notre domicile ? vous ne respectez pas les propriétés d'autrui; soyez tranquilles. Vous violez notre domicile. Nous allons envoyer chercher main-forte; à la garde! au secours! appellez le commissaire.

BERTRAND, *autre ouvrier.*

Bah! nous nous moquons du commissaire; nous n'avons plus de lois. Nous avons lu ce matin dans votre journal que la loi n'était qu'un chiffon de papier.

(*Voyez* le Globe du 11 avril 1832.)

BOUFFANTIN.

Qui a mis cela dans le Globe?

CAVALIER.

C'est moi.

BOUFFANTIN.

Que tu es extravagant? nous méritons bien cette aventure.

Autre ouvrier.

Allons, vite, décampez.

Les pères font de la résistance. Les ouvries les chassent à coups de tire-pieds et se mettent à table.

GUILLAUME, *ouvrier.*

Je vois que les pères font assez bonne chère.

Autre ouvrier.

Des perdreaux, des faisans, des dindons aux truffes.

Autre ouvrier.

C'est charmant.

Autre ouvrier.

Mais il manque quelque chose; il y a des plats vides. On a emporté des viandes. *Il s'approche de Cavalier qui avait caché un gigot sous son habit, et lui dit :* il faut restituer.

CAVALIER *rend le gigot, et menace l'ouvrier par derrière, et ajoute,* c'est épouvantable.

GUILLAUME, *autre ouvrier.*

Celui-là voulait confisquer un gigot.

Autre ouvrier.

A boire, garçon ! *On sert à boire.* Quoi ! du Bordeaux? c'est à merveille; à la santé de Saint-Simon !

Le père BOUFFANTIN.

Quelle infamie !

CAVALIER,

C'est une atrocité!

DUPEYRIER, *renchérissant sur l'expression :*

C'est une barbarie.

Les ouvriers ensemble.

Ah ça! ne vous fâchez pas; car autrement nous allons frictionner vos épaules.

Un autre ouvrier.

A boire, garçon; il est juste de rendre les honneurs au père suprême; buvons à la santé du père suprême.

Autre ouvrier.

Buvons à la santé du père Bouffard.

Autre ouvrier.

Buvons à la santé du père Lodriguez.

CAVALIER.

Je crois qu'ils ne finiront pas de boire.

RODRIGUEZ.

C'est une infamie. Je parie que c'est un tour de la police.

DUPEYRIER.

Regarde comme ils mangent. Voilà ce qui s'appelle l'organisation pacifique des travailleurs.

CAVALIER.

Dis donc des buveurs, des mangeurs.

BOUFFANTIN.

Allez donc chercher le commissaire. Oui, c'est à présumer c'est un tour de la police. Ah! voici un de ses agents, tant mieux!

SCÈNE V.

Les PRECÉDENS; BENOIT, maître bottier.

M. BENOIT.

Non! messieurs, je ne suis pas agent de police; et, quoique la police fasse souvent des fautes, elle est étrangère à tout ce qui se passe; je vais vous expliquer tout ce qui en est. Ce matin, les ouvriers qui sont dans ce moment chez vous, sont venus à mon atelier pour me demander le prix de la semaine; je n'ai pu leur donner qu'un faible à-compte sur ce que je leur devais. J'ai même été obligé de leur dire que j'étais forcé de suspendre mes travaux et de cesser mon commerce. Ils m'ont demandé qu'elle était la cause de cette suspension dans mes affaires, je n'ai pu m'empêcher de la leur dire.

BOUFFANTIN.

Eh bien! que leur avez vous dit?

M. BENOIT.

Je leur ai dit que les honnêtes gens de Paris étaient affligés de voir continuellement des émeutes dans une ville aussi belle, aussi grande, aussi florissante, que depuis quelque temps la tristesse était sur tous les visages; que l'argent ne circulait plus; que la confiance était anéantie; que les gens aisés quittaient la capitale, pour aller en province; que tous les citoyens, tous les pères de famille étaient alarmés quand ils songeaient que les partisans des doctrines Saint-Simoniennes voulaient les séparer de leurs enfans, les priver du plaisir des les élever, de les nourrir, et les empêcher de leur laisser le fruit de leurs travaux et de leurs économies.

CAVALIER.

Vous êtes bien officieux.

M. BENOIT.

Alors mes ouvriers m'ont dit, puisque les Saints-Simoniens font de si belles choses, nous allons les arranger; et à l'instant ils sont sortis de mon atelier, rue St.-Honoré, et sont venus à votre hôtel. Je voulais les arrêter, mais je n'ai pu y réussir. Cependant je me suis habillé à la hâte. J'ai marché autant que j'ai pu, malgré les blessures que j'ai reçues à la bataille du Mont-St.-Jean, et je suis venu pour mettre fin à ce désordre, que je déplore autant que vous.

BOUFFANTIN.

Il paraît que vos ouvriers sont insubordonnés, M. le cordonnier?

Tous les ouvriers avec indignation.

Monsieur le cordonnier! c'est une offense pour toute la corporation; nous ne sommes pas cordonniers, nous sommes bottiers. Entends-tu, insolent? (Ils menacent le père Bouffantin.)

Autre ouvrier.

Nous ne sommes pas insubordonnés, père Bouffantin; notre bourgeois, commandez, et je vais vous descendre ce grand escogriffe.

BOUFFANTIN, *très-humble.*

Écoutez, messieurs les bottiers.

Un ouvrier frappant avec le pied.

Non, je n'écoute rien, tu me rendras raison de cette insulte.

M. BENOIT.

Calmez-vous, mes amis, soyez paisibles. Vous avez fait une assez grande faute, en venant violer le domicile de ces messieurs, n'en faites pas d'autres.

Autre ouvrier.

Oui, mais nous avons fait un assez bon diner; tenez, not' bourgeois, goûtez ce vin qui fait dire de si belles phrases aux Saint-Simoniens.

M. BENOIT.

Non, mes amis, (*parlant au père Bouffantin*) vous voyez, monsieur, quels sont les résultats de vos doctrines. Si ces ouvriers n'étaient pas des honnêtes gens, vous seriez la première victime des faux principes que vous professez.

BOUFFANTIN.

Je vois, Monsieur que vous n'adoptez pas nos principes.

M. BENOIT.

Non, Monsieur, et je n'aime pas qu'on abuse de la liberté pour mettre le désordre dans la société.

Un ouvrier.

Vous avez raison not' bourgeois. Ah ça, on danse ce soir chez le père suprême.

Autre ouvrier.

C'est ce que nous avons lu dans le Globe de ce matin.

Autre ouvrier.

Je veux danser avec Mᵐᵉ Bazard; si elle veut, elle verra que j'ai plus de capacité que son mari.

Autre ouvrier.

Et moi aussi.

Autre ouvrier,

Et moi aussi.

Pendant ce colloque les apôtres Saints-Simoniens ont donné souvent des preuves d'impatience.

CAVALIER.

Mes amis, sortons; je ne puis plus y résister. (*Ils s'en vont, sauf Bouffantin.*)

Autre ouvrier.

Ah c'est égal, nous verrons les papesses ; elles seront contentes de notre capacité.

M. BENOIT.

Allons, mes amis, sortons, et prouvez à ces messieurs que si vous avez mangé leur diner, vous n'avez pas dévasté et pillé leur maison.

Un ouvrier.

Nous ne voulons voler ni piller. Nous savons qu'il faut être honnêtes gens, avoir de l'honneur et de la probité : c'est alors qu'on se montre digne de porter le beau nom de français.

Autre ouvrier.

Il y en a de plus malheureux que nous, et nous ne voudrions pas qu'on nous enlevât le fruit de nos travaux et de nos économies.

Autre ouvrier.

Ceux qui pilleraient seraient pillés à leur tour par les vagabonds, les voleurs, les forçats libérés.

Autre ouvrier.

Oui ; il n'y aurait pas de raison pour que ça finisse ; on serait toujours à s'égorger.

M. BENOIT.

Vous avez raison ; si la révolution de 1830 a fixé l'admiration de tous les peuples ; si les provinces n'ont pas marché sur Paris, c'est parce que les ouvriers ont eux-mêmes fait respecter les personnes et les propriétés, et que le peuple s'est montré tout à la fois probe et courageux : nous voulons une constitution, mais non l'anarchie.

BOUFFANTIN.

Mais, messieurs, nous avons dit mille fois que la république, comme l'anarchie, étaient impossibles.

Un ouvrier.

A la bonne heure ; ceux qui font des révolutions veulent des honneurs et des places, et nous ne demandons que l'ordre, la paix et du travail ; nous ne voulons pas la banqueroute et qu'on pille les caisses, car elles renferment les ressources des ouvriers.

BOUFFANTIN.

Vous êtes des honnêtes gens. Nous vous annonçons que nous avons renoncé à publier notre doctrine, et que nous ne demandons plus des confiscations.

M. BENOIT.

Ha ! nous n'en savions rien ; je vous en félicite bien sincèrement ; mais vous avez fait beaucoup de mal au commerce et à l'industrie. Les ouvriers étaient plus heureux autrefois qu'ils ne le sont aujourd'hui ; ils se contentaient de leur position ; ils étaient contens pourvu qu'ils eussent du pain et du travail.

Autre ouvrier.

Et aujourd'hui il ne sont pas si heureux, parce que tout le monde est en méfiance.

M. BENOIT.

Mes amis, sortons d'ici.

Un ouvrier.

Nous vous suivons not'bourgeois

Autre ouvrier.

Bon soir, père suprême.

Autre ouvrier.

Bon soir, père Bouffantin.

Autre ouvrier.

Ne vous enrhumez pas sur la montagne. (*Les ouvriers sortent tous.*)

Un ouvrier revenant sur ses pas.

Voudriez-vous me donner votre bénédiction, Père suprème?

(*Les ouvriers sortent en riant aux éclats.*)

SCÈNE VII.

BOUFFANTIN seul.

Qu'elle aventure, grand Dieu . et qu'elle moralité dans cette population Parisienne! voilà des ouvriers qui donnent des leçons de probité, d'honneur et de délicatesse à des hommes qui ont reçu plus d'éducation, il est vrai; mais qui en profitent fort mal. Quel sujet de réflexions pour moi! et me voilà seul, livré à moi même; mes amis m'abandonnent!

Insensé d'avoir voulu établir une religion opposée aux vœux de la nature! Imprudent, d'avoir rêvé une théocratie bizarre et ridicule, une aristocratie de capacités! imprudent surtout, d'avoir voulu prêcher la loi agraire : la loi agraire! bizarre conception de quelques cerveaux faibles ou dérangés ou de quelques fripons.

Lisons encore ce que m'écrivait un de mes amis sur la loi agraire.

Mon ami;

« Tu prêches la loi agraire: tu sais toi même qu'elle est impossible. Il faudrait la renouveller à chaque instant. Les hommes sont inégaux en facultés morales et physiques: l'inégalité subsistera toujours; elle est même nécessaire pour entretenir l'émulation entre les citoyens.

Tu sais que les Gracques furent condamnés au dernier supplice par le peuple Romain lui même pour avoir proposé la loi agraire. Je dois te dire que la convention elle même prononça la peine de mort contre quiconque oserait parler d'une telle loi; et ce qui t'arrêtera peut-être dans les bizarres projets, c'est lorsque tu apprendras ce que disait Robespierre un mois après le décret de la convention. Voici comment il s'exprimait.

« Vous devez savoir que cette loi agraire dont vous avez « tant parlé, n'est qu'un fantôme créé par les fripons pour « épouvanter les imbéciles. Il ne fallait pas sans doute

« une révolution pour apprendre à l'univers que l'extrême
« disproportion des fortunes est la source de bien des maux
« et de bien des crimes. Mais nous n'en sommes pas moins
« convaincus qu' l'égalité des biens est une chimère »
« Je te conseille, mon ami, de renoncer à tes bizarres projets;
le peuple est trop éclairé aujourd'hui: on ne peut faire des
dupes ni en politique ni en religion; tu pourrais payer cher
ta folle entreprise. Ta vie, peut être, dépend de ta conduite.

BOUFFANTIN *plie la lettre, s'assied et dit.*

Il a raison; allons, je renonce à mon entreprise; mais j'entends du bruit; c'est une femme!

SCÈNE VIII.

BOUFFANTIN, JAVOTTE femme d'un postillon.

JAVOTTE *accourant.*

Ah, père Bouffantin! j'implore votre assistance, votre
secours; mon mari me poursuit; il m'a battue, et je viens
me jetter à vos pieds; je veux être libre.

BOUFFANTIN *la relevant.*

Remettez-vous ma chère, (*à part*) elle est assez gentille.

JAVOTTE.

Ah! mon coquin de mari! il me frappe parcequ'il dit
que j'aime mon cousin le normand.

BOUFFANTIN.

Il n'est pas défendu d'aimer; au contraire nous prêchons
l'amour; nous harmonisons l'amour. (*parbleu! je m'accomoderais bien de cette petite femme.*)

JAVOTTE.

N'est ce pas père Bouffantin, il n'est pas défendu d'aimer?

BOUFFANTIN.

Quelle égrillarde, non ma petite femme.

JAVOTTE.

Tantôt il m'accuse d'infidélité, tantôt de fréquenter les commères, tantôt d'aller danser avec des militaires. Ho! le vilain jaloux! Tenez, Père Bouffantin, il est rentré, il y a une heure; il n'a pas trouvé ses bottes cirées: alors avec son grand fouet de poste, il m'a joliment brossé les épaules.

BOUFFANTIN.

Oh, le brutal, le sauvage! consolez-vous, ma chère, je vous protégerai, je vous couvrirai de ma protection; je vous... (*il l'embrasse; pendant ce temps on entend le bruit d'un fouet de poste*)

SCÈNE IX.

Les Précédens, UN POSTILLON.

LE POSTILLON.

Holà! eh! quelqu'un, où est donc le père Bouffantin, ce grand escamoteur des femmes?

JAVOTTE.

Ah! père Bouffantin, protégez-moi (*elle se cache derrière lui*)

BOUFFANTIN.

Qu'est-ce que vous venez faire ici?

LE POSTILLON.

Ce que je viens faire? parbleu, je viens chercher ma femme (*il l'apperçoit et dit:*) ah! te voilà coquine.

JAVOTTE.

Bah! je ne te crains pas . Je suis sous le protection du

père Bouffantin; je veux être libre,

BOUFFANTIN.

Oui votre femme veut être libre! c'est le père Bouffantin qui vous parle.

LE POSTILLON.

Ah! je vais t'arranger toi et la femme libre. *(à grands coups de fouet de poste il fait faire au père Bouffantin plusieurs tours de la salle; celui-ci monte sur les chaises et sur la table, veut se parer avec une chaise, et crie de toutes ses forces à la garde! au secours!*

SCÈNE X.

LES PRÉCÉDENS. UN COMMISSAIRE, UN SERGENT DE VILLE, UN CAPORAL AVEC SIX HOMMES DE GARDE.

LE COMMISSAIRE.

Quel est donc ce tapage? quel vacarme!

BOUFFANTIN.

Monsieur le Commissaire, faites cesser les brutalités de cet homme qui me frappe à grands coups de fouet de poste,

LE POSTILLON.

Oui, parce que tu veux escamoter ma femme.

LE COMMISSAIRE.

Séduire une femme!... commettre un adultère!... vous qui déclamez contre l'adultère et la prostitution; c'est affreux.

BOUFFANTIN.

Mais cette femme veut se relier à notre foi, elle veut être libre.

JAVOTTE.

Oui, je veux être libre,

LE COMMISSAIRE.

Mais vous êtes mariée; vous y avez consenti, n'est ce pas, ma bonne?

JAVOTTE.

Oui, Monsieur, pour mes péchés,

LE COMMISSAIRE.

Eh bien, le code civil (*art* 213) porte que la femme doit obéissance à son mari.

JAVOTTE.

Mais je ne veux pas lui obéir: St. Simon a dit qu'il n'y avait pas de lois.

LE COMMISSAIRE.

Il n'y a plus de lois! comme vous y allez! la france n'est pas une nation barbare, et les lois auront toujours leur empire.

JAVOTTE.

Mais une femme ne devrait pas dépendre de son mari; c'est injuste.

LE COMMISSAIRE.

Prenez garde, ma bonne, et je vais vous prouver que ce que vous trouvez injuste, est au contraire très juste.

BOUFFANTIN.

Comment ça? nous voulons l'affranchissement des femmes.

LE COMMISSAIRE.

Monsieur, vous devriez savoir que la société conjugale est composée de deux persones, et que cette société ne pourrait subsister si la volonté de l'un des conjoints n'était pas subordonnée à la volonté de l'autre. Le mari a plus de capacité, plus de force physique et morale. La loi devait lui conserver la supériorité que la nature lui avait accordée.

LE POSTILLON.

Entends–tu Javotte? la loi parle: il faut lui obéir; c'est ce que disait toujours le maître d'école de mon village.

JAVOTTE.

Mais mon mari me bat: je suis venue implorer le secours du Père Suprême.

LE COMMISSAIRE

Si votre mari vous bat, demandez la séparation, et on vous rendra justice devant les tribunaux.

SCÈNE XI.

LES PRÉCÉDENS, UN CLERC D'HUISSIER, UN SECRÉTAIRE DE COMMISSAIRE.

LE CLERC.

Voilà, Monsieur le Commissaire. une lettre que M. le juge d'instruction a envoyée à M. le préfet de police et que celui-ci m'a chargé de vous remettre le plutôt possible.

BOUFFANTIN.

Qu'est ce que c'est? une lettre adressée au préfet de police?

LE COMMISSAIRE.

Ouvre la lettre, et voit que c'est un mandat d'arrêt lancé contre le père Bouffantin. S'adrssant à celui-ci il lui dit: voici une triste nouvelle, et cela vous regarde. M. le procureur du Roi et M. le juge d'instruction ont lancé un mandat d'arrêt contre vous, et je suis obligé de le mettre à exécution.

BOUFFANTIN.

Et de quel crime, de quel délit suis-je donc prévenu?
LE COMMISSAIRE.

Je vais vous le dire; il lit les mots suivans. « Mandons
« et ordonnons à tous les agens de la force publique d'arrêter
« sur le champ le sieur Bouffantin, se disant père suprême
« de la religion St. Simonienne, ayant son domicile rue
« Monsigny n° 6 *(le regardant)* c'est bien vous, monsieur?
« prévenu d'avoir dans des écrits imprimés, excité la guerre
« civile en armant ou en portant les citoyens ou habitans
« à s'armer les uns contre les autres, en les excitant à porter
« la dévastation, le massacre ou le pillage dans une ou
« plusieurs communes, crime prévu par l'art 91 du code
« pénal.

BOUFFANTIN.

« Et que porte cet article?

LE COMMISSAIRE.

Je vais vous le dire.

LE COMMISSAIRE *lit l'art 91 du code pénal, ainsi*
conçu:

« L'attentat ou le complot, dont le but sera d'exciter
la guerre civile, en armant ou en portant les citoyens à
s'armer les uns contre les autres, soit de porter la dévastation, le massacre et le pillage dans une ou plusieurs communes, seront punis de mort, et les biens des coupables
seront confisqués.

BOUFFANTIN *répétant les derniers mots.*

Seront punis de mort et les biens confisqués: je ne risque
rien de ce côté là; d'ailleurs la confiscation a été abolie.

LE COMMISSAIRE.

Oui, monsieur, la confiscation a été abolie, et c'est un

grand acte de la sagesse de nos législateurs modernes. On a en cela contrarié les projets des révolutionnaires qui voudraient s'approprier quelquefois le bien d'autrui, et qui au nom de la liberté voudraient opprimer à leur tour.

BOUFFANTIN.

Mais la peine de mort ; savez-vous, Monsieur le Commissaire, que cela n'est pas amusant. Ce grand coquin de Napoléon a bien eu tort de prévoir dans le code pénal tous les projets criminels des hommes.

LE CAPORAL.

Qu'est ce que tu dis de Napoléon? c'était un grand homme. (*Le parterre témoignera sans doute sa satisfaction à cette réflexion du vieux troupier.*)

LE COMMISSAIRE.

Cet article du code pénal est la répétition de plusieurs autres lois. La convention elle même, avait prononcé la peine de mort contre ceux qui exciteraient au pillage.

BOUFFANTIN.

Mais je pourrai me défendre.

LE COMMISSAIRE.

Oui, Monsieur, vous trouverez des avocats.

BOUFFANTIN.

Des avocats? je n'en veux pas. Ils vivent tous dans l'adultère et la prostitution. *Ces mots furent prononcés par Dupeyrier. Voyez la gazette des tribunaux du 28 août 1832.*

LE COMMISSAIRE.

Vous avez tort d'insulter des hommes qui exercent la plus belle et la plus noble des professions. Les avocats ont rendu beaucoup de services à la société ; ce sont eux principalement qui ont fait triompher la cause de la Liberté.

BOUFFANTIN.

Oui, mais ils nous font la guerre.

LE COMMISSAIRE.

Ils doivent le faire, par ce qu'ils sont les organes de la justice ; de la raison et de la vérité. Au reste, Monsieur, les avocats que vous insultez pourraient vous rendre service dans cette circonstance.

BOUFFANTIN.

Comment cela?

LE COMMISSAIRE.

Ceux que vous choisirez feront sans doute sentir aux magistrats, que votre doctrine n'est pas dangereuse, que le peuple Français a aujourd'hui plus que jamais de l'instruction, de l'honneur et de la probité ; que le ridicule seul a fait justice de votre prétendue religion ; alors vous ne seriez condamné qu'à une peine correctionnelle.

BOUFFANTIN.

Ainsi, ce ne serait pas si malheureux.

LE COMMISSAIRE.

Allons, Monsieur, suivez nous.

BOUFFANTIN, *fixe et immobile ne répond rien.*

LE COMMISSAIRE.

Que regardez vous?

BOUFFANTIN.

J'ai besoin de m'inspirer! Je vous regarde.

LE COMMISSAIRE.

Qu'est-ce que cela me fait?

BOUFFANTIN.

Vous ne savez pas ce que c'est que la contemplation, j'attache beaucoup de prix à la puissance de mon regard.

LE COMMISSAIRE.

A quoi, vous servira votre regard?

BOUFFANTIN.

Il me servira plus que vous ne pensez.

Quand je serai à l'audience, je dirai aux juges ou aux jurés « je révèle mon inspiration par ma figure : « ma parole est celle de l'homme précurseur de la fem- « me, Messie de son sêxe qui doit la sauver de l'esclavage « et de la prostitution; je suis apôtre et je me mets en « communion avec tout le monde. J'ai ce qu'il faut « pour être prêtre; je suis beau, bon, et sage; ce sont « les trois formes de la métaphysique ancienne.

LE COMMISSAIRE.

Est-ce là ce que vous direz?

BOUFFANTIN.

Oui, Monsieur.

LE COMMISSAIRE.

On dira que vous êtes fou.

BOUFFANTIN.

C'est ce que je demande: alors je dirai, si je suis fou vous ne pouvez pas me condamner.

LE COMMISSAIRE.

Ho! halte-là, s'il en était ainsi, tous les délinquans auraient recours à cette excuse; allons, Monsieur, suivez nous. Je n'ai pas de temps à perdre.

BOUFFANTIN.

Mais de grâce, attendez encore.

LE COMMISSAIRE.

Je suis fatigué d'attendre et de vous entendre radoter; allons, marchons.

LE CAPORAL.

Allons, marchons!

BOUFFANTIN.

Vous ne savez pas séduire, vous autres; vous devriez savoir que toute puissance doit être harmonisée.

LE COMMISSAIRE.

Allons, pas tant de phrases.

BOUFFANTIN.

Je proteste, je dirai que je suis sacrifié, immolé, martyrisé, persécuté.

LE CAPORAL *impatienté, le saisissant au collet*

Et de plus empoigné. (*cette expression rappelle c qui fut employée lors de l'exclusion de Manuel.*)

BOUFFANTIN.

Je proteste....

LE COMMISSAIRE.

Vous protesterez quand vous serez en prison.

SCÈNE XII.

LE POSTILLON, JAVOTTE.

LE POSTILLON.

Ah ça Javotte, allons au logement.

JAVOTTE.

Mais tu ne me bateras plus?

LE POSTILLON.

Non, pourvu que tu n'aimes plus ton cousin le Normand.

JAVOTTE.

Sois tranquille.

LE POSTILLON.

J'ai n'aime pas trop les cousins comme ça: eh bien, embrassons-nous. Tiens j'ai quelque fois des petites vivacités, c'est parce que je t'aime trop, que je m'emporte quelquefois; *qui aime bien, chatie bien*; d'ailleurs on dit que les maris qui ne battent pas leurs femmes ne les aiment pas.

JAVOTTE.

Tu as raison.

LE POSTILLON.

Tiens, Javotte, allons nous en: vivons tranquilles dans notre ménage. Nous sommes heureux, mille fois plus heureux que ces hommes qui ont toujours à faire avec la justice et qui font des émeutes pour avoir des places et de l'argent. Mais dam! tout le monde ne peut en avoir. Eh! morbleu! que ces damoiseaux travaillent et ne veuillent pas faire les gros dos, les grands seigneurs. Tiens, Javotte, il en est des hommes, comme des chevaux: on en gouverne quelques uns par la douceur, par la raison ; mais il en est d'autres, et (c'est vraiment malheureux) qu'on ne peut gouverner qu'en fesant ce que j'appelle, moi, un peu de discipline; *en disant cela, il agite son fouet.*

SCÈNE XIII.

JAVOTTE *au parterre.*

Messieurs, je rejoins mon mari et vous quitte à regret. Si cette pièce avait pu vous déplaire, grace, Messieurs, ayez de l'indulgence, et ne nous donnez pas un peu de discipline.

FIN

DU TROISIÈME ET DERNIER ACTE.